Kandake Amanirenas:

The One-Eyed Nubian Queen

Emma Vanderpool

Kandake Amanirenas: Regina Nubiae. For more resources and to share your own, please go to eutropi.us
ISBN: 9798602567236

discipulīs et magistrīs Univeristātis Massaciusitensis

CONTENTS

AUTHOR'S NOTE

Similar to my most recent endeavor, *Sacrī Pullī: The Story of Sacred* Chickens, this book attempts to fill the current gap in Latin novellas that focus on Roman history. Furthermore, it attempts the difficult task of covering Roman history from the perspective of those who are so often "othered" in an attempt to create a more multicultural understanding of the ancient world of the Mediterranean. Sources consulted included Dio Cassius, Strabo, and Pliny the Elde.r

The topic itself allows for an introduction to Caesarian idioms within a context that is both familiar yet novel as well as a perspective of the reign of emperor Augustus from outside of the empire. Lastly, it allows for the introduction to topics and themes on the Advanced Placement (AP) Latin syllabus.

The vocabulary in the text has been limited. There are almost 3,000 words in this novella, including 489 unique forms. Of these 489 unique forms, 76 are forms of proper nouns. In total there are 158 lexical units, excluding proper nouns. This book is intended for second- or third-year students due to the longer syntax as well as the more specialized vocabulary.

My highest praise to Chris Tayler (Instagram: @chris21taylor), who carefully worked with me to craft the beautiful cover. My sincerest thanks to Etenia Mullins for offering valuable literary feedback on my portrayal of African women and Andrew Morehouse for his generous editing and correction of my Latinitas. Any remaining mistakes are solely my own. Thanks to Dr. Teresa Ramsby for first sharing Amanirena's story with me; I hope I have done it due justice. And, thanks as always to Matthew Katsenes and his students at Moultonborough Academy.

Capitulum I:

Rēgīna Amanirena

nōn solum Aegyptus sed etiam *Nūbia*[1] erant in Africā. *Nūbae*[2] in *merīdiem*[3] spectant. in Nūbiā sōl nōn erat calidus sed calidissimus!

---

[1] *Nūbia*: country of Nubia
[2] *Nūbae*: people of Nubia, Nubians
[3] *merīdiem*: south

Teriqetas, rēx magnus et fortis, Nūbiam rēgnābat. Teriqetas marītus Amanirenae erat.

Amanirena erat rēgīna sapiēns. Nūbae magnam pecūniam habēbant quod Amanirena cōnsilia magna capiēbat. Amanirena mīles fortis et audāx erat quod mīlitēs in *proelium*[4] ducēbat et multōs hostēs necābat.

Teriqetas perterritus erat quod Rōmānī fortiōrēs et fortiōrēs erant. Rōmānī in *septentriōnēs*[5] spectant. imperātor Rōmānus, Augustus, Aegyptum cēperat.

---

[4] *proelium:* battle
[5] *septentriōnēs:* north

Teriqetas audīvit imperātōrem Nūbiam capere velle.

Amanirena magna nōn erat quod fēmina erat. Amanirena magna nōn erat quod rēgīna erat. fuerant multae rēgīnae in Nūbiā. Amanirena magna erat quod rēgīna nōn solum fortis et *audāx*[6] in bellō sed etiam sapiēns in pace erat.

in *proeliō*[7] Amanirena magna dux erat. ubi dux *bella gerēbat*[8], nōn solum iubēbat mīlitēs pugnāre sed etiam mīlitēs in bella ducēbat.

---

[6] *audāx*: bold
[7] *proeliō*: battle
[8] *bella gerēbat*: was waging wars

in proeliō, Amanirena nōn solum magna dux sed etiam magna mīles erat. ubi Amanirena hostēs multīs armīs pugnābant, rēgīna arcum intendit et mīlitēs sagittīs trānsfīxit. rēgīna tela iēcit et hostēs telīs trānsfīxit. postquam tela iēcit, gladiīs hostēs pugnābat.

quod Amanirena mīles fortis et audāx erat, multōs in proeliō necāvit. quod Amanirena nōn solum mīles magna sed etiam dux sapiēns erat, in proeliō Amanirena erat vīctrīx.

fuerant multae magnae rēgīnae Nūbiae. Amanirena magna rēgīna erat quod nōn solum fortis et audāx in bellō sed etiam sapiēns in pace erat.

in pace rēgīna nova *cōnsilia*[9] dē bellō capiēbat. Amanirena nōn solum bella gerēbat sed etiam *legatōs*[10] ad hostēs mittēbat. legatī *pacem et foedera*[11] fēcērunt. quod cōnsilia magna et in bellō et in pace capiēbat, dux sapiēns erat.

dux fēmina factī erat.[12]

---

[9] *cōnsilia:* plans
[10] *legatōs*: ambassadors, envoys
[11] *pacem et foedera*: peace and treaties
[12] *dux fēmina factī erat:* a woman was the author of this deed

Capitulum II:
Rōmānus Imperātor

post marītī mortem, Amanirena Nūbiam rēgnābat. rēgīna cum fīliō, nōmine Akinidad, rēgnābat quod Akinidad vir nōn erat. ubi Amanirena et Akinidad Nūbiam rēgnāvērunt, Nūbia magna erat et Nūbae magnam pecūniam habēbant.

nōn solum rēgīna *dīves*[13] erat sed etiam mercātōrēs dīvitēs erant.

Amanirena rēgīna magna Nūbiae erat – et Augustus imperātor magnus Rōmānōrum erat.

Aegyptus erat prōvincia Rōmāna; Nūbia nōn erat prōvincia intrā *fīnēs imperiī Rōmānī.*[14] nōn solum Nūbae sed etiam Aegyptiī in *merīdiem*[15] spectant. quod Aegyptus prōvincia Rōmāna erat, Augustus Aegyptum rēgnābat.

---

[13] *dīves*: rich, wealthy
[14] *fīnēs imperiī Rōmānī*: boundaries of Roman control
[15] *merīdiem*: south

Augustus erat imperātor fortis et audāx. Rōmānus vir cōnsilia magna capiēbat et iubēbat mīlitēs *fīnēs imperiī Rōmānī*[16] extendere. Rōmānī in Galliā et Hispaniā pugnābant. Augustus mīlitēs in proelium nōn ducēbat sed iubēbat Rōmānōs ducēs, quī mīlitēs ducēbant et hostēs pugnābant.

imperātor Rōmānus nōn solum *bella gerēbat*[17] sed etiam *legatōs,*[18] quī fēcērunt *pacem et foedera,*[19] mittēbat. Augustus erat imperātor nōn solum

---

[16] *fīnēs imperiī Rōmānī*: boundaries of Roman control
[17] *bella gerēbat*: was waging wars
[18] *legatōs*: ambassadors, envoys
[19] *pacem et foedera*: peace and treaties

fortis et audāx in proeliīs sed etiam sapiēns in pace.

Cleopatra, rēgīna fortis et audāx, nōn Nūbiam sed Aegyptum rēgnābat. Augustus rēgīnam, Cleopatram, superāvit et urbem, nōmine Actium, occupāvit!

Aegyptus erat prōvincia *dīves*.[20] rēgīna multam pecūniam habuit quod in Aegyptō erat portus magnus. mercātōrēs per portum *mercēs*[21] et pecūniam portābant. quod imperātor Augustus rēgīnam superāvit, iam magnam

---

[20] *dīves*: rich,w ealthy
[21] *mercēs*: goods, wears

pecūniam habēbat. postquam Aegyptum superāvit, dīves erat!

Augustus dīves erat sed magnam pecūniam habere et fīnēs imperiī Rōmānī extendere volēbat. post Cleopatrae mortem, Augustus Nūbiam superāre cōnstituit.

quod Augustus Aegyptum superāvit, Nūbae perterritī erant. Akinidad, fīlius rēgīnae, perterritus erat.

rēgīna Amanirena perterrita nōn erat; audax cōnsilium capiēbat.

Capitulum III:
Aelius Gallus in Ārabiā

Augustus nōn solum Aegyptum sed etiam Ārabiam Fēlīcem rēgnāre volēbat quod *fīnēs imperiī Rōmānī*[22] extendere volēbat. Augustus audīvit in Ārabia Fēlīcī *mercēs*[23] multās esse.

---

[22] *fīnēs imperiī Rōmānī*: boundaries of Roman control
[23] *mercēs*: goods, wares

quamquam Augustus imperātor Rōmānus erat, mīlitēs in Ārabiam Fēlīcem nōn ducēbat. nōn Augustus sed Aelius Gallus erat dux mīlitum. Aelius Gallus erat *praefectus*[24] Aegyptī.

quod Ārabia Fēlix praefectum nōn habēbat, Augustus Aelium ducem fēcit. Augustus iussit Aelium Gallum occupāre et superāre. erant mīlitēs Rōmānī in Ārabia Fēlīcī. necesse est Aeliō Gallō *pacem et foedera*[25] facere. Augustus Aelium cum multīs mīlitibus mīsit ut *bellum* contrā Ārabicōs *gereret*.[26]

---

[24] *praefectus*: prefect, official
[25] *pacem et foedera*: peace and treaties
[26] *bellum gereret*: wage war

Ārabia Fēlix nōn erat prōvincia intrā *fīnēs imperiī Rōmānī.*[27] Augustus Ārabiam Fēlīcem superāre volēbat quod prōvincia erat *dīves*[28]. Ārabia erat dīves quod multī mercātōrēs per Ārabiam *mercēs*[29] portābant.

sōl erat calidissimus. nōn erat multum aquae. erat difficile Rōmānīs mīlitibus in proeliīs pugnāre et bellum gerere.

Aelius Gallus dux erat quod mīlitēs in proelium ducēbat.... sed nōn erat vīctor. Ārabicī nōn in *merīdiem*[30] sed in

[27] *fīnēs imperiī Rōmānī*: boundaries of Roman control
[28] *dīves*: rich
[29] *mercēs*: goods, wares
[30] *merīdiem*: south

orientem[31] spectant sed sōl erat calidissimus neque multum aquae erat. multī mīlitēs *aegrī*[32] erant. nōn pugnābant. nōn proelium gerēbant. Ārabicī Rōmānōs superāvērunt.

---

31 *orientem:* east

32 *aegrī*: sick

Capitulum IV: Cōnsilium Amanirenae

in Nūbiā Amanirena cōnsilium imperātōris et Aeliī Gallī audīvit. Amanirena audīvit Augustum imperātōrem fortem et sapientem esse.

multī Nūbae perterritī erant; Augustus, imperātor Rōmānus, superāverat Aegyptum. volēbatne Nūbiam occupāre an superāre? Amanirena perterrita nōn erat. rēgīna cōnsilium magnum capiēbat quod Nūbiam custōdīre volēbat.

"nolō Rōmānum ducem Nūbiam petere et occupāre," Amanirena inquit, "nolō Rōmānum ducem Nūbiam rēgnāre. fuērunt multae Kandake et erunt multae Kandake. necesse est nōbis capere cōnsilium ut Nūbiam custōdiamus."

"Aelius Gallus nōn est intrā fīnēs Aegyptī," fīlius Akinidad inquit, "Aegyptus ducem Rōmānum nōn habet."

"quod Aegyptus ducem nōn habet, necesse est nōbis Aegyptum petere." Amanirenas inquit, "ego perterrita nōn sum. nōs fīnēs imperiī Rōmānī petēmus nē Augustus extendere velit. necesse est nōbis Rōmānōs petere priusquam Rōmānī nōs petunt."

quod Amanirena erat sapiēns rēgīna, cōnsilium magnum cēpit.

"nostrī mīlitēs fortēs sunt, sed in Nūbiā sōl est calidissimus. nōn multum aquae est. nolō cum mīlitibus meīs *iter* longum *facere.*[33] est difficile mittere per Africam novōs mīlitēs.

---

[33] *iter...facere*: to make a journey

"nōn procul ab fīnibus Nūbiae intrābimus quod nōn est difficile novōs mīlitēs mittere. Augustus cōnsilium audiet et nōn volet fīnēs imperiī Rōmānī extendere. nōn volet intrāre fīnēs Nūbiae. quod Nūbae fortēs et audācēs sunt."

rēgīna Amanirena et fīlius Akinidad perterritī nōn erant quod praefectus, Aelius Gallus nōn in Aegyptō sed Ārabiā erat. audācēs cōnsilium fēcērunt.

Capitulum V:

Proelium Syēnae

Amanirena urbem, Syēnēn, petere et occupāre cōnstituit.

Syēnē erat urbs Aegyptī intrā *fīnēs imperiī Rōmānī*.[34] Syēnē erat *dīves*[35] urbs in quā virī habēbant magnam pecūniam.

---

[34] *fīnēs imperiī Rōmānī*: boundaries of Roman control
[35] *dīves*: rich

erant dīvitēs virī quod urbs prope Nīlum erat et portus magnus erat. sōl erat calidissimus sed etiam erat multum aquae! nōn erat difficile Syēnae habitāre quod multum aquae erat. mercātōrēs dīvitēs *mercēs*[36] per portum portābant.

multa saxa etiam prope urbem erant. statuae magnae et obeliscī magnī ē saxīs factī sunt. templa et pyramidēs magnae ē saxīs factae sunt!

quod urbs prope Nīlum erat, mercātōrēs saxa per portum portābant. quod

[36] *mercēs*: goods, wares

Rōmānī saxa volēbant, multās *pecūniās solvēbant.*[37]

Syēnae portus magnus erat. *praesidium*[38] Rōmānōrum etiam erat. in praesidiō erant multī mīlitēs Rōmānī, quī portum custōdiēbant.

omnēs mercātōrēs, quī per portum *iter faciēbant*[39] et *mercēs* portābant, mīlitibus Rōmānīs *pecūniās solvēbant.*[40] quamquam mercātōrēs virīs Rōmānīs pecūniās solvēbant, virī Syēnae dīvitēs erant.

---

[37] *pecūniās solvēbant*: were paying money
[38] *praesidium:* garrison, fort
[39] *iter faciēbant*: were making a journey
[40] *pecūniās solvēbant*: were paying money

quod urbs intrā fīnēs Rōmānī imperiī erat sed nōn procul ab fīnibus Nūbiae erat, Amanirena iussit mīlitēs in fīnēs Aegyptī *iter facere.*[41] Amanirena iussit Nūbās bellum contrā Rōmānōs mīlitēs gerere.

Amanirena mīlitēs nōn ducēbat; rēgīna fīlium ducem mīsit. Amanirena volēbat Akinidad ducem esse. volēbat fīlium virum esse.

Akinidad mīlitēs in *proelium*[42] ducēbat et in fīnēs Aegyptī intrāvit.

Akinidad cum mīlitibus suīs urbem petīvit; Akinidad dux fortis erat. Nūbae

---

[41] *iter facere*: to make a journey
[42] *proelium*: battle

contrā Rōmānōs mīlitēs pugnābant.... Nūbae multa arma habuērunt. *aliī* Nūbae arcūs intendērunt et Rōmānōs sagittīs trānsfīxērunt, *aliī*[43] tela iēcērunt et gladiīs pugnāvērunt. mīlitēs Nūbiae fortēs et audācēs in bellō erant.

quamquam Rōmānī Nūbās necāverant, Nūbae multōs Rōmānōs necābant. Akinidad nōn solum urbem intrāvit sed etiam occupāvit. fīlius Rōmānōs superāvit. mīlitēs Nūbae erant vīctōrēs.

[43] *aliī...aliī*: some...others

Capitulum VI: Proelium Philīs

ubi Augustus audīvit Nūbās Syēnēn superāvisse, īrātus erat.

"Aelī Galle, necesse est tibi in fīnēs Aegyptī revenīre," Augustus scrīpsit, "audīvī Nūbās fīnēs imperiī Rōmānī intrāvisse! tū es *praefectus*[44] Aegyptī, sed

[44] *praefectus*: prefect, official

tū Syēnēn nōn custōdīvistī. tū es praefectus. necesse est tibi urbēs Aegyptiās custōdīre. necesse est tibi revenīre et *bellum* contrā Nūbās *gerere*[45]."

Aelius Gallus īrātus erat. quod Augustus iusserat Aelium bellum in Ārabiā Fēlīcī gerere, nōn intrā fīnēs Aegyptī erat. quamquam īrātus erat, Aelius Gallus mīlitēs dūxit et cum mīlitibus in fīnēs Aegyptī revēnit.

Amanirena erat rēgīna sapiēns. ubi Amanirena cōnsilium novum Augustī et

---

[45] *bellum gerere*: to wage war

praefectī, Aeliī Gallī, audīvit, cōnsilium novum cēpit.

quod rēgīna *pacem et foedera*[46] facere nolēbat, *legatōs*[47] ad Aelium mittere nōn cōnstituit. dux fortis et audāx īnsulam, nōmine Philās, petere cōnstituit. Amanirena iussit mīlitēs contrā īnsulam, in quā multī Rōmānī habitābant, proelium gerere.

Philae erant prope Syēnēn. Philīs erant multa templa. erat templum Īsidis, quae rēgīna deōrum Aegyptiōrum est. in īnsulā Īsis deum, nōmine Osīrem,

---

[46] *pacem et foedera*: peace and treaties
[47] *legatōs*: ambassadors, envoys

sepelīvit.[48] multī *piī*[49] virī iter ad īnsulam faciēbant ut templum vidērent.

in īnsula etiam erat *praesidium*[50] quod Philae intrā fīnēs imperiī Rōmānī erat. in praesidiō erant multī Rōmānī mīlitēs, quī Nīlum custōdiēbant. quod virī *mercēs*[51] portābant, Rōmānī virī et imperātor Augustus *dīvitēs*[52] erant.

quamquam rēgīna pia erat et templum Īsidis petere nolēbat, Amanirena īnsulam petere cōnstituit. dux Rōmānōs *arcēre*[53] volēbat.

---

[48] *sepelīvit*: buried
[49] *piī*: pious
[50] *praesidium*: garrison, fort
[51] *mercēs*: goods, wares
[52] *dīvitēs*: rich
[53] *arcēre*: fend off, ward off, keep away

Amanirena solum fīlium nōn mīsit. Akinidad mīlitēs in proelium ducēbat. Amanirena et fīlius mīlitēs ducēbant. Nūbae arcūs intendērunt et multōs Rōmānōs sagittīs trānsfīxērunt.

Amanirena telum iēcit et Rōmānum virum necāvit. postquam telum iēcerat, gladiīs pugnābat. quamquam multī Rōmānī rēgīnam necāre volēbant, dux fēmina multōs Rōmānōs necābat quod mīles fortis et audāx erat.

mīlitēs Nūbae multam *praedam*[54] ā templīs capiēbant. vīctōrēs Nūbae

---

[54] *praedam*: spoils of war, booty

Rōmānōs servōs ad rēgīnam ducēbant et Amanirena Rōmānōs servōs fēcit. Amanirena servōs in fīnēs Nūbiae mīsit.

Amanirena nōn solum sapiēns rēgīna erat sed etiam fortis et audāx mīles.

dux fēmina factī erat.[55]

---

[55] *dux fēmina factī*: a woman was the author of this deed

Capitulum VII: Caput Statuae

in īnsulā, nōmine Philīs, nōn solum templum Īsis sed etiam templa multōrum Aegyptiōrum deōrum erant. etiam multīs in templīs erant statuae, quae ex saxīs factae sunt. *alia* templa statuās deōrum Aegyptiōrum habuērunt, sed *alia*[56] statuam imperātōris Rōmānī, nōmine Augustī, habuērunt.

ubi Amanirena statuam Augustī vīdit, īrātissima erat. Amanirena pia rēgīna erat et statuam Augustī in templō Īsis habere nolēbat. mīlitēs Nūbiae īrātī erant quod templa deīs Aegyptiīs neque Rōmānō imperātōrī erant.

“necesse est nōbis,” Amanirena inquit, “statuās Augustī *frangere*[57] et removēre. Augustus nōn est deus. est vir. Rōmānī virī *piī*[58] nōn sunt et necesse est nōbis Rōmānōs servōs facere. templa deīs

[56] *alia . . . alia*: some . . . others
[57] *frangere*: to break
[58] *piī*: pious

Aegyptiīs sunt. templa Augustō nōn sunt!"

in templō Īsis Amanirena statuam Augustī vīdit. rēgīna īrāta cōnsilium cēpit. iussit fīlium Akinidad caput statuae removēre et capere.

"ego volō caput Augustī!" Amanirena inquit, "ego volō Augustum ad fīnēs Nūbiae *trānsferre*.[59] vir fīnēs Nūbiae nōn intrābit sed caput intrābit. solum caput Augustī magnī intrā fīnēs Nūbiae erit!"

fīlius Akinidad statuam *frēgit*[60] et caput statuae remōvit. subitō Akinidad mīlitēs

---

[59] *trānsferre*: to carry/bear
[60] *frēgit*: broke

audiēbat et perterritus erat. *suntne hostēs Rōmānī an mīlitēs Nūbae?* fīlius rēgīnam custōdīre volēbat sed caput Augustī habēbat.

subitō rēgīna mīlitēs audīvit et *aditum*[61] templī respexit.

in *aditū*[62] templī, erant multī mīlitēs. nōn erant mīlitēs Nūbae sed Rōmānī hostēs! Amanirena nōn erat perterrita quod mīles fortis et audāx erat. Amanirena hostēs pugnāre volēbat.

Amanirena telum nōn habēbat quod Rōmānum virum telō trānsfīxerat. rēgīna

---

[61] *aditum*: entrance
[62] *aditū*: entrance

arcum cēpit sed sagittās nōn habēbat.... sagittās nōn habēbat quod mīles multōs Rōmānōs sagittīs trānsfīxerat. Amanirena multōs Rōmānōs necāverat... sed iam arma nōn habēbat.

ubi Rōmānus mīles templum intrāvit, statuam *frāctam*[63] vīdit. ubi vīdit Akinidad caput imperātōris habere, mīles īrātissimus erat. Rōmānus rēgīnam et fīlium in templō Īsis vīdit et petere volēbat.

postquam Rōmānus mīles rēgīnam vīdit, gladiō Amanirenam petīvit. quod Akinidad caput habuit, rēgīnam custōdīre

---

[63] *frāctam*: broken

nōn potuit. nōn erant aliī Nūbae mīlitēs in templō. Amanirena, mīles fortis et audāx, mīlitēs nōn habuit. arma nōn habuit.

īrātus Rōmānus rēgīnam petīvit et oculum *secāvit.*[64]

[64] *secāvit*: cut

Capitulum VIII:

Praeda Deīs

Rōmānus mīles rēgīnam petīvit et oculum *secāvit*[65] sed nōn necāvit!

postquam Akinidad vīdit mīlitem rēgīnam petere, īrātissimus erat! Akinidad, fīlius rēgīnae, mīlitem Rōmānum gladiīs petēbat et pugnābat. perterritus nōn

[65] *secāvit*: cut

erat; necesse est rēgīnam custōdīre. necesse est fīliō vir esse.

Rōmānus mīles magnus erat sed Akinidad fortis erat! erat difficile sed Rōmānum necāvit. Akinidad erat vīctor; Rōmānus rēgīnam nōn necāvit.

Akinidad cum aliīs mīlitibus nōn solum rēgīnam sed etiam caput statuae ad Nūbiam portāvit.

quamquam Rōmānus mīles oculum Amanirenae *secāvit,*[66] Rōmānī nōn īnsulam custōdīvērunt. Nūbae vīctōrēs erant et īnsulam *dīvitem*[67] occupābant.

---

[66] *secāvit*: cut
[67] *dīvitem*: rich

Akinidad multōs Rōmānōs servōs faciēbat et in fīnēs Nūbiae mittēbat.

quod Akinidad magnus fīlius erat, rēgīnam custōdiēbat et in fīnēs Nūbiae portāvit.

rēgīna Amanirena et fīlius ad urbem, nōmine Meroēn, *iter fēcērunt*.[68] Meroē erat dīves urbs, quae prope Nīlum erat. per portum mercātōrēs dīvitēs *mercēs*[69] portāvērunt.

quod Rōmānus mīles oculum *secāverat*,[70] Amanirena solum ūnum oculum

---

[68] *iter fēcērunt*: made a journey
[69] *mercēs*: goods, wares
[70] *secāverat*: had cut

habēbat. Amanirena nōn *aegra*[71] erat. nōn perterrita erat. quamquam ūnum oculum habēbat, fortis et audāx mīles in proeliō fuerat et erat.

in urbe, Meroae, multa templa erant. templa nōn deīs Rōmānīs sed Nūbīs erant. Rōmānī *praedam*[72] deīs dābant. Nūbae etiam praedam deīs dābant. postquam virī praedam dederant, deī rēgīnās et rēgēs vīctōrēs fēcērunt.

quod Amanirena sapiēns et *pia*[73] erat, praedam ad templum portāvit. rēgīna et

---

[71] *aegra*: sick
[72] *praedam*: spoils of war, booty
[73] *pia*: pious

fīlius ad templum deae, quae vīctōrēs custōdiēbant, iter fēcērun.

"necesse est nōbis praedam ad templum portāre," Amanirena inquit, "necesse est nōbis caput Augustī deīs dare. volō dare praedam deae Vīctōriae.

"ego volō caput Augustī sub *scalīs*[74] templī *condere*[75] ut omnēs, quī in templum intrārent, in capite Augustī ambulent."

dux fēmina factī erat.

---

[74] *scalīs*: stairs
[75] *condere*: to bury

Capitulum IX: Novus Rōmānus Dux

Aelius Gallus et mīlitēs Rōmānī īnsulam, nōmine Philās, nōn custōdīvērunt. postquam imperātor Augustus audīverat Akinidad Philās superāvisse, īrātissimus erat. Augustus iussit Aelium Gallum Rōmam revenīre.

iam erat novus *praefectus*,[76] Gaius Petrōnius. quod Petrōnius dux fortis erat, mīlitēs in proelium ducēbat. Petrōnius dux fortis et audāx sed nōn sapiēns erat.

quod Petrōnius audīvit Amanirenam ducem magnam esse, cōnsilium novum capiēbat. praefectus *iter facere*[77] per Aegyptum et fīnēs Nūbiae intrāre cōnstituit ne Amanirenas in fīnēs imperiī Rōmānī intrāre vellet. Petrōnius urbem, Syēnēn, et īnsulam, Philās, capere et custōdīre volēbat.

---

[76] *praefectus*: prefect, officer
[77] *iter facere*: to make a journey

Petrōnius mīlitēs in proelium ducēbat.... Nūbae multōs Rōmānōs necāvērunt. Rōmānī aliōs Nūbās necāvērunt et aliōs Nūbās servōs fēcērunt! Rōmānī novōs servōs Rōmam mīsērunt. Nūbae urbem et īnsulam superāverant sed iam Rōmānī urbem et īnsulam occupāvērunt. Rōmānī erant vīctōrēs....

Amanirena audīvit Petrōnium urbem et īnsulam occupāvisse, sed rēgīna perterrita nōn erat. rēgīna novum cōnsilium capiēbat.

“nōn necesse est nōbis,” Amanirena inquit, “Syēnēn et Philās occupāre.”

Amanirena erat sapiēns rēgīna; contrā Rōmānōs bellum gerere nolēbat.

"necesse est nōbis Ad-Dakka custōdīre quod est urbs magna."

Capitulum X: Proelium in Urbe Ad-Dakka

Ad-Dakka urbs prope Nīlum erat. in Ad-Dakka erat Templum Dakka. templum erat deō Aegyptiōrum, nōmine Thoth. Thoth erat deus sapiēns.

Petrōnius *pius*[78] vir erat sed necesse erat petere Nūbiam. necesse erat *frūstrārī*[79]

[78] *pius*: pious
[79] *frūstrārī*: check, thwart

cōnsilium Amanirenae nē rēgīna fīnēs imperiī Rōmānī revenīre vellet.

quod Amanirena solum ūnum oculum habēbat, Akinidad mīlitēs in proelium ducēbat. cum mīlitibus ad Ad-Dakka *iter fēcit.*[80] fīlius templum custōdīre et cōnsilium Rōmānōrum *frūstrārī*[81] voluit nē Rōmānī fīnēs Nūbiae intrāre vellent.

Nūbae Rōmānōs multōs necāvērunt. *aliī* Nūbae arcūs intendērunt et Rōmānōs sagittīs trānsfīxērunt. *aliī*[82] tela iēcērunt et gladiīs pugnāvērunt.

---

[80] *iter fēcit*: made a journey
[81] *frūstrārī*: check, thwart
[82] *aliī...aliī*: some...others

in proeliō multī Rōmānī erant. Rōmānī multōs Nūbās necāvērunt et multam *praedam*[83] capiēbant. Petrōnius, novus praefectus, multōs Nūbās servōs fēcit et Rōmam mīsit; Rōmānī vīctōrēs erant.

subitō Petrōnius Akinidad telō necāvit! Rōmānus dux fīlium rēgīnae necāvit.

ubi rēgīna Amanirena audīvit Rōmānum ducem fīlium necāvisse, īrātissima erat. Amanirena etiam perterrita erat quod fīlium nōn habēbat. Rōmānī ad fīnēs Nūbiae iter faciēbant et fīnēs intrāre volēbant. Petrōnius fīnēs imperiī Rōmānī extendere volēbat. Amanirena perterrita

[83] *praedam*: spoils of war, booty

erat. quod sapiēns dux erat, iterum
necesse erat capere novum cōnsilium.

dux fēmina factī erat.

Capitulum XI:
Rōmānī Petunt!

postquam Petrōnius urbēs, Syēnēn et Ad-Dakka, et īnsulam, Philās, superāvit et occupāvit, novum cōnsilium cēpit. dux Rōmānus proelium contrā urbem, nōmine *Napata*,[84] gerere cōnstituit.

[84] *Napata*: Augustī post mortem, Napata in Rebus Gestae Dīvī Augustī erat

Napata procul ab urbe Moeroe erat. Meroē erat dīves urbs, in quā rēgīna Amanirena erat.

Petrōnius in fīnēs Nūbiae *iter faciēbat*[85] quod audāx dux erat. quod Petrōnius perterritus nōn erat, cum multīs Rōmānīs mīlitibus bellum contrā Nūbās gerēbat.

nōn solum sōl erat calidissimus sed etiam nōn multum aquae. erat difficile Rōmānīs mīlitibus iter facere et *mercēs*[86] portāre. erat difficile Rōmānīs mīlitibus pugnāre quod aquam nōn habēbant. quod erat sōl calidissimus, multī Rōmānī

[85] *iter faciēbat*: was making a journey
[86] *mercēs*: goods, wares

aegrī[87] erant. quamquam multī Rōmānī aegrī erant, Petrōnius dux fortis et audāx erat et vīctōrēs in proeliō erant.

Rōmānī urbem, nōmine Napatam, intrāverunt. Amanirena perterrita erat quod nolēbat Petrōnium urbem occupāre et superāre.

Nūbae mīlitēs arcūs intendērunt et tela iēcērunt.... gladiīs pugnāvērunt. quod Nūbae fīlium Akinidad nōn habēbant, Nūbae Napatam nōn custōdīvērunt.

Rōmānī urbem occupāvērunt et multam *praedam*[88] capiēbant. Petrōnius multōs

---

[87] *aegrī*: sick
[88] *praedam*: spoils of war, booty

Nūbās servōs fēcit et Rōmam mīsit. Rōmānī servōs novōs ad fīnēs Rōmānī imperiī et Rōmam ducēbant.

Petrōnius *praefectus*[89] magnus erat. praefectus *praesidium*[90] in urbe, nōmine Primīs, cōnstituit. Nūbae urbem "Silmi" vocābant. quod praesidium erat fortissimum et intrā fīnēs Nūbae erat, Nūbae perterritī erant.

Augustus, imperātor Rōmānus, audīvit Petrōnium praesidium cōnstituere et fīnēs imperiī Rōmānī extendere. imperātor perterritus nōn erat quod iam

[89] *praefectus*: prefect, official
[90] *praesidium:* garrison, fort

praefectum fortem et audācem habēbat.

Capitulum XII:

Pacem et Foedera

Amanirena audīvit Petrōnium superāvisse Nūbās, quī urbem Silmi occupāverat. rēgīna bellum contrā Rōmānōs gerere nolēbat quod imperātor Augustus fortis erat et Petrōnius praefectus magnus erat. rēgīna bellum gerere nolēbat quod Amanirena erat nōn solum dux fortis et audāx sed etiam rēgīna sapiēns.

"Rōmānī Akinidad necāvērunt," Amanirena inquit, "ego perterrita nōn sum sed Rōmānī multōs Nūbās necāvērunt et aliōs servōs fēcērunt. necesse est legatīs *pacem et foedera*[91] facere."

Amanirena *legatōs*[92] mīsit; legatī praesidium Rōmānōrum in urbe Primīs intrāverunt. legatī perterritī erant sed Nūbiam custōdīre volēbant.

---

[91] *pacem et foedera*: peace and treaties
[92] *legatōs*: ambassadors, envoys

Petrōnius dux sapiēns erat. quamquam vir multōs Nūbās necāverat, dux cōnstituit facere *pacem et foedera*.[93]

nōn solum sōl erat calidissimus sed etiam nōn multum aquae. erat difficile novīs mīlitibus iter facere et Nūbiam intrāre. multī Rōmānī erant *aegrī*.[94] Petrōnius bellum contrā Nūbās gerere nolēbat.... Rōmam revenīre volēbat quod *praedam*[95] habēbat. vīctor erat.

Petrōnius prōmīsit bellum contrā Nūbiam nōn gerere sed mīlitēs Rōmānōs in Dodekashoinos remanēre.

---

[93] *pacem et foedera*: peace and treaties
[94] *aegrī*: sick
[95] *praedam*: spoils of war, booty

Dodekanshoinos erat nova fīnēs imperiī Rōmānī.

in Dodekashoinos erat *praesidium*,[96] nōmine Primīs. Dodekashoinos nōn procul ā fīnibus Nūbiae erat sed intrā fīnēs imperiī Rōmānī erat. quamquam Rōmānī in Dodekashoinos remansērunt, nōn necesse est Nūbīs pecūniās Rōmānīs *solvere*.[97]

praesidium, Dodekashoinos, erat novus fīnis Rōmānī imperiī. Rōmānī nōn iter in fīnēs Nūbiae facient. nōn intrābunt. Petrōnius et imperātor Augustus vīctōrēs

---

[96] *praesidium*: garrison, fort
[97] *solvere:* to pay

erant quod fīnēs imperiī Rōmānī extendērunt.

quamquam Rōmānī multōs Nūbās necāvērunt, Amanirena pacem et foedera fēcit. rēgīna fīnēs Nūbiae custōdīvit. nōn necesse est pecūniās imperātōrī Augustō solvere.

Amanirena erat vīctrix audāx et fortis.

dux fēmina factī erat!

Epilogus

Amanirenae post mortem erant multae rēgīnae in Nūbiā. Nūbae vocābant omnēs rēgīnās "Kandake."

in Museō Anglicō sunt capita statuārum. ūnum caput est statuae Augustī. est caput quod Amanirena sub *scalīs*[98] templī *sepelīvit*.[99]

---

[98] *scalīs*: stairs
[99] *sepelīvit*: buried

in Museō Anglicō etiam est Stēla Hamadab. stēla, quae ex saxīs facta est, in *aditū*[100] templī erat.

in stēlā est pictūra. in pictūrā sunt Amanirena et fīlius prope deōs, nōmine Amun et Mut. sunt Rōmānī servī. sub pictūrā est inscrīptiō.

nunc virī et fēminae inscrīptiōnem legere nōn possunt... sed est fābula rēgīnae fortis et audācis, Amanirenae. est fābula fēminae, ducis factī, quae contrā Rōmānōs bellum gessit et fīnēs Nūbiae custōdīvit.

---

[100] *aditū*: enrance

TABULA GEŌGRAPHICA

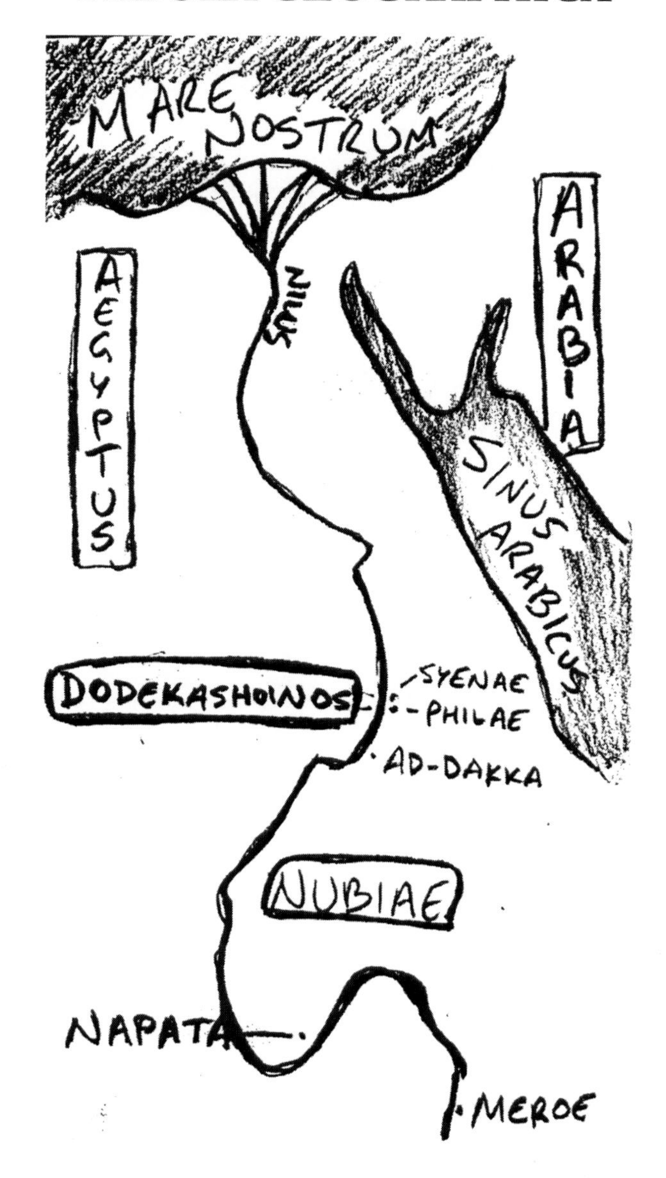

INDEX PERSŌNĀRUM ET LOCŌRUM

Gentēs

Rōmānī, -ōrum: Roman
Nūbae, -ārum: Nubians
Aegyptī, -ōrum: Egyptians
Ārabicī, -ōrumm: Arabians

Personae Nūbiae

Amanirenas: rēginae Nūbiae
Akinidad: fīlius Amanirenae

Personae Rōmānī

Augustus: imperātor
Aelius Gallus: praefectus Rōmānus
Gaius Petrōnius: praefectus Rōmānus

***Deī Nūbiae*:**

Amun: deus solis
Osiris: deus mortuōrum
Īsis: dea vitae, fēminarum, et fīliōrum

***Personae Aliī*:**

Cleopatra, -ae: ultima rēgina Aegyptōrum

Provinciae

Aegyptus, -ī: Egypt
Ārabia Felix: Arabia

INDEX VERBŌRUM

ā, ab: away from

ad: to, toward

aditū, aditum: entrance

aegra, aegrī: sick

aliī, aliīs, aliōs: other

aliī...aliī: some...others

ambulent: walk

an: or

aqua, aquae, aquam: water

arcere: ward off, keep away

arcum, arcūs: bow

arma, armīs: weapons

audācem, audācēs, audācis: bold

audiēbat, audiet, audīverat, audīvī, audīvit: hear

bella, bellō, bellum: war

calidissimus, calidus: hot

capere, capiēbant, capiēbat: take

ducēbant, ducēbat: lead

ducem, ducēs, ducis: leader

dux: leader

dūxit: led

ego: I

erant, erat: was

erit, erunt: will be

es: are

esse: to be

est: is

et: and

etiam: also

ex: out of

extendere, extendērunt: extend

fābula: story

facere, faciēbant, faciēbat, facient, facta, factae, factī; make

fēcērunt, fēcit: made

fēmina, fēminae: woman

fīliī, fīliō, fīlium, fīlius: son

fīnēs, fīnibus, fīnis: boundary, end

foedera: treaties

fortem, fortēs, fortis: brave, strong

fortiōrēs: braver, stronger

fortissimum: bravest, strongest

frāctam, frangere, frēgit: break

frūstrārī: check, thwart

fuerant, fuerat: had been

fuērunt: have been

gerēbant, gerēbat, gerere, gereret: wage

gessit: waged

gladiīs, gladiō: sword

iēcerat, iēcērunt, iēcit: threw

imperator, imperātōrem, imperātōrī, imperātōris: general, emperor

imperiī: command

in: in, into

inquit: says

inscrīptiō, inscrīptiōnem: inscription

īnsula, īnsulā, īnsulam: island

intendērunt, intendit: aimed

intrā: within

mercēs: goods, wares

intrābimus, intrābit, intrābunt, intrāre, intrāvērunt, intrāvisse, intrāvit: enter

habēbant, habēbat, habere, habet, habuērunt: has, have, had

habitābant, habitare: have

hostēs: enemies

iam: now

īrata, īrātī, īratus: angry

īrātissima, īratissimus: angriest, very angry

iter: journey

iubēbat: order

iussit: ordered

legatī, legatīs, legatōs: ambassadors, envoys

legere: read

longum: long

magna, magnae, magnam, magnī, magnum, magnus: great

marītī, marītus: husband

mercātōrēs: merchants

merīdiem: south

mīles, mīlitem, mīlitēs, mīlitibus, mīlitum: soldier

mīserunt, mīsit: sent

mittēbat, mittere: send

mortem: death

multa, multae, multam, multās, multī, multīs, multōrum, multōs, multum: many

museō: museum

necābant, necābat, necāre, necāverant, necāverat, necāvērunt, necāvisse, necāvit: kill

necesse: necessary.

neque: and not, neither

nōbis: us

nolēbat, nolō: to not want

nōmine: name

nōn: not

nōs: we

nostrī: our

nova, novīs, novōs, novum, novus: new

nunc: now

obeliscī: obelisk

occupābant, occupāre, occupāverat, occupāvērunt, occupāvisse, occupāvit: occupy

pictūra, pictūrā: picture

portabant, portāre, portāvērunt, portāvit: carry

portum, portus: port

possunt: able to, can

post: after

postquam: afterwards

potuit: was able

praedam: spoils of war, booty

praefectī, praefectum, praefectus: prefect

praesidiō, praesidium: garrison, fort

priusquam: before

procul: far

proeliīs, proeliō, proelium: battle

promīsit: promised***prope***: near

prōvincia: province

pyramidī: pyramid

pugnābant, pugnābat, pugnāre, pugnāvērunt: fight

quā, quae, quī, quod: who, which

quamquam: although

regēs: kings

rēgīna, rēgīnae, rēgīnam, rēgīnās: queen

rēgnābat, rēgnāre, rēgnāvērunt: rule

remanēre, remansērunt: remain

removēre, remōvit: remove

respexit: look back

revenīre, revēnit: return

rēx: king

saggitās, saggitīs: arrow

sapiens, sapiēntem: wise

saxa, saxīs: rock

scalīs: stars

scrīpsit: wrote

secāverat, secāvit: cut

sed: but

sepelivit: buried

septentriōnēs: north

servī, servōs: enslaved people, slaves

sōl: sun

solum: only, alone

solvēbant, solvere: pay

spectant: watch

statuae, statuam, statuārum, statuās: statue

stēla, stēlā: stele

sub: under

subitō: suddenly

suīs: his/her/its own

sum: I am

sunt: they are

superāre, superāverant, superāverat, superāvērunt, superāvisse, superāvit: conquer, overcome

tela, telīs, telō, telum: spear

templa, templīs, templō, templum: temple

tibi: to you

trānsferre: to bring

trānsfīxerat, trānsfīxērunt: transfixed, pierced

tū: you

ubi: when

ūnum: one

urbe, ubem, urbēs, urbs: city

ut: so that

velit, velle, vellent, vellet: want

victor, vīctōrēs: victor (male)

victrix: victor (female)

viderent, vīdit: see

vir, virī, virīs, virum: man

vocābant: call

volēbant, volēbat, volet, volō, voluit: want

ABOUT THE AUTHOR

Emma Vanderpool graduated with a Bachelor of Arts degree in Latin, Classics, and History from Monmouth. College in Monmouth, Illinois and a Master of Arts in Teaching in Latin and Classical Humanities from the University of Massachusetts Amherst. She now teaches Latin at Trickum Middle School in Georgia.

Made in United States
North Haven, CT
27 August 2022